U0679370

那些惊艳了岁月的唯美宋词

于时光里穿越光影迷醉沁香

在最美的宋词里
一眼千年

至美宋词

桑妮◎著

三乖◎绘

百花洲文艺出版社
BAIHUAZHOU LITERATURE AND ART PRESS

目录

§

越古老越美好　遇见最美的宋词

杏花树开，雪白枝条轻动，

着一身纯白夏衣，邀友人于树下小聚。

饮酒、品茗，念一阕宋词，

世间情意，就此绵延开来。

光影交错间，宋词里的风花雪月、离愁别绪，

仿佛璀璨烟花，绽放无数……

如此盛况美景，不忍虚度，

不如于宋词绵延的情意里，

把酒言欢，过好当下的每一日。

满庭芳

秦观

山抹微云，天粘衰草，画角声断谯门。
暂停征棹，聊共引离尊。多少蓬莱旧事，空回首、烟霭纷纷。
斜阳外，寒鸦万点，流水绕孤村。

销魂。当此际，香囊暗解，罗带轻分。
谩赢得青楼，薄幸名存。此去何时见也？襟袖上、空惹啼痕。
伤情处，高城望断，灯火已黄昏。

宋时词人里，秦观被尊为婉约派一代词宗。出自他之手的词，皆俊逸精妙，笔端满蕴着的爱恨情愁亦撩拨世间万千有情人。

有人说，他的词，字字句句都弥漫着一抹浓雾般的忧愁。

这首《满庭芳》，即为其间一阕。

时年，这阕哀怨疏淡的词惊艳四方，连大文豪苏东坡都极喜爱，并戏称秦观为“山抹微云君”。

此阕词，写的是伤情的爱意离别。

起笔晕染里，全然是一抹画境里的浓愁。意象亦美，微云、衰草、画角声，字字连接里是凄恻，流盈出的却是凄凉的美。一个“抹”字，更是将意境之美晕染开来，如同古时最吸引人的水墨画，挥墨之下，是一片无穷无尽的别开生动:山被淡淡云朵遮掩，暮霭苍茫里，衰草连天。

暮冬时节，景色凄凉而惨淡。这样的天气里，词人北归在客船，号角声起，心生哀思万千，还好的是有貌美的歌姬与己共饮，只是，能聊的只有种种话别。

他不由感叹，回首过往，曾有过的那些爱情，此刻皆成烟云雾霭，散到无处可寻。

无爱的城，全是空城；无爱的路，皆为荒芜；无爱的人生，更是徒然。多情的他，由此吟唱出那句千年绝唱：“斜阳外，寒鸦万点，流水绕孤村。”

也是。天涯断肠，恰逢夕阳下，寒鸦万点，孤村无人识，斯人独憔悴，这孤寂苦痛任谁都无法用言语倾诉。

销魂处，诉说着一段缠绵胶着的爱情。

他非薄情，即使离别仍有万千柔情蜜意，心神恍惚中，解开腰间的系带，取下香囊，惟愿万种离情，都付与赠别的香囊，轻分的罗带。这之后，在经久的时光里，他都会不断地念及她。

念及这半生，他心生凉意，功名不就，却赢得薄情郎的恶名。

而今，此去离别，不知何时才可相逢？

一想起，他的泪水就禁不住往下流，湿了衣襟。此刻，高楼望断，再望不见城，万家灯火起，已是昏黄。

离情是苦，所幸这世间有爱。

所有的爱情、邂逅和等待，都有着宿命般的美好与凄凉。

如此，也是美的。

所以，我们看到了他笔端这美意缠绵胶着的情花词。

此去何时见也？襟袖上、空惹啼痕。
伤情处，高城望断，灯火已黄昏。

销魂、当此际，香囊暗解，罗带轻分。
漫赢得青楼，薄幸名存。
此去何时见也？襟袖上、空惹啼痕。
伤情处，高城望断，灯火已黄昏。

满庭芳

秦观

山抹微云，天粘衰草，画角声断谯门。
暂停征棹，聊共引离尊。
多少蓬莱旧事，空回首、烟霭纷纷。
斜阳外，寒鸦万点，流水绕孤村。

满庭芳

秦观

千秋岁

秦观

水边沙外，城郭春寒退。花影乱，莺声碎。
飘零疏酒盏，离别宽衣带。人不见，碧云暮合空相对。

忆昔西池会，鹓鹭同飞盖。携手处，今谁在？
日边清梦断，镜里朱颜改。春去也，飞红万点愁如海。

提及少游，念及他写的那些如水浸满忧伤的词时，会于恍惚间依稀看见一个文弱的男子，眼底浸润着湿答答的忧郁。

青衫长衣，茕然独立，是他给后世人留下的最深形象。

他，是多情敏感的才子，擅写的是伤离怨别，男女情爱于他若春草暮雨，美得孤绝。而他那些氤氲着飞花细雨般忧伤的字句，如同悬崖边恣意绽放的花，满满的魅惑，让人欲罢不能。

他是失意的人，仕途不顺，殃及的是他情爱的破碎。所以，他的字句里延绵着的爱情都有着悲情的意味。

且看这一阕。

只身飘零的他，于城郊溪流浅水边，郁郁而行。早春的寒意已悄然退却，枝头繁花似锦，晴空之下，花影摇曳，煞是美好。恰有流莺在花丛里流连，啼啭声声，可是于他听来却是如此细碎、急促。心境，决定景美与否，于此刻的他而言，再美的景，再动听的乐声，都弥补不了他心底的残缺。

爱而不得，如同一种残疾，让他丧失了生活里的美意。

独自一人在异地，少了相伴，多了相思，衣带渐宽里，心中全是离别的伤悲。

有多久，没能与爱的人相伴，杯酒相邀；又有多久，见不到深爱着的那个人。爱人不得相见，连相知相惜的挚友，也被迢迢山水阻隔。空寂的心，唯对着眼前的悠悠碧云、沉沉暮色，无语。

不由得，忆往昔。

那汴京金明池相会，志士俊才一同乘香车宝马驱驰而游，豪情逸兴那时好。怎料，风云突变，携手同游处，如今还有几人在？早知晓，那乘舟绕过日月，梦已断碎，曾经的曾经，再也回不去。虽然青山依旧在，可朱颜渐老，有镜做证。

也是，春去了，落花成千点万点，飘飞凋零如潮涌起伏的万千愁绪。

失意的人，何曾不是这般。

梦碎，愁苦便如深海。

携手处，今谁在？
日边清梦断，镜里朱颜改。

忆昔西池会，鹓鹭同飞盖。
携手处，今谁在？
日边清梦断，镜里朱颜改。
春去也，飞红万点愁如海。

千秋岁

秦观

水边沙外，城郭春寒退。花影乱，莺声碎。飘零疏酒盏，离别宽衣带。人不见，碧云暮合空相对。

千秋岁

秦观

菩萨蛮

商妇怨

江开

春时江上帘纤雨，张帆打鼓开船去。
秋晚恰归来，看看船又开。
嫁郎如未嫁，长是凄凉夜。
情少利心多，郎如年少何。

在写闺怨的词中，这阕词写得不是最传世、最有名的，却是写得最细腻、最缠绵的。

这阕词，有着颇深的创作背景。

话说，那时词人外出办事，正好漂住在一条船上。当时风景好，适逢仲秋，月明星稀的夜美得让人神往不已。经不住如此美景的诱惑，他踏上岸到江边欣赏这如画的夜景。正沉醉时，一声声女子的唏嘘不断传入他耳中。于是，他循着声音欲一探究竟，发现，不远处有一年轻的女子呆呆地凝望着江面，长吁短叹。

词人忍不住问她为何如此伤悲。

原来，她是一位商人的妻子，一年里夫君多数都在四处奔波，为此她独守空房多年。今次，昨天刚刚归来的夫君，还未怎么热络，一早就又离开。

听后，词人甚是同情。

于是，为着她这样的商人妇而写下了这阕情愫丰盈的词。

春天的江上，细雨轻飘，徒添万千凄凉。扬帆击鼓的船儿再次起航，载着那四处漂泊的人儿。这一去，久不见归来，季节已经从春到了秋。凄风冷雨的深秋之夜，回来了一下，天未明又匆匆离去。

这一年里，多是在等他的孤寂里独守凄清的空房。

而今，看着船又开走，归期更是不知在何日，心，自然生出幻灭。

令人不由得感慨，嫁了人好似没嫁一般，夜夜独守空房，到底为哪般！

他早已利欲熏心、情意凉薄，为这样的他付出如此多的等待和孤寂，真的是在虚度最美好的青春年华。

所谓“青春易逝皆蹉跎”，可是，又能如何，在那个礼俗森严的年代，嫁就嫁了，不可逃离。一切皆是宿命！

嫁郎如未嫁，长是凄凉夜。
情少利心多，郎如年少何。

菩萨蛮

江开

春时江上帘纤雨，张帆打鼓开船去。
秋晚恰归来，看看船又开。
嫁郎如未嫁，长是凄凉夜。
情少利心多，郎如年少何。

菩萨蛮

江开

高阳台

西湖春感

张炎

接叶巢莺，平波卷絮，断桥斜日归船。
能几番游？看花又是明年。
东风且伴蔷薇住，到蔷薇、春已堪怜。
更凄然，万绿西泠，一抹荒烟。

当年燕子知何处？但苔深韦曲，草暗斜川。
见说新愁，如今也到鸥边。
无心再续笙歌梦，掩重门、浅醉闲眠。
莫开帘，怕见飞花，怕听啼鹃。

宋词的美，不止言情，还有言物、言志，比如这一阕。

此阕词，借咏西湖之景，言国破家亡之哀愁，字句凄凉，幽怨悲郁。

卷絮、断桥、西泠、荒烟；苔深、斜川、飞花、啼鹃，言语中皆是那因国破家亡而生的朝不保夕的无限哀愁。

生于钟鸣鼎食之家的词人，因朝代更替而成了家道中落的落魄之人。

世态炎凉下，他更深刻地感受到国破家亡的痛，下笔字字犹如滴泪。

西湖边，有黄莺巢居在树木密叶之间，柳絮开始飘洒，湖面上到处可见，微波吹皱卷起一丛一丛。已近黄昏，日头西斜，断桥处可见返家的归船。

见归思家，山河破的境地还能有几番游春的心境？

赏花的心，或恐明年会有；赏花的情，或要待明年才生吧。

唯愿这春风伴着蔷薇留住吧，因为待到蔷薇花开时，春光早已少得可怜。只是，更令人凄楚不堪的是西泠桥畔，曾经的喧嚣热闹，如今只留下一抹荒凉寂寒的暮烟了。

更甚者，昔日栖息在朱门大宅的燕子，如今都不知飞向何处了。

往昔曲径幽深的美景处长满苔藓，荒草淹没了亭台楼阁，连那清闲的白鸥，也因新愁白了发顶。置身于此，再无心重温曾经纵情欢歌的旧梦，只把大门紧掩，在喝酒浅醉闲眠里不问世事。

不要，不要将窗帘拉开，我怕见那飞花片片凄凉凋谢的样子，更怕听到那声声悲切的杜鹃啼鸣。

睹物思人，让人情何以堪！

当年燕子知何处？但苔深韦曲，草暗斜川。
见说新愁，如今也到鸥边。
无心再续笙歌梦，掩重门、浅醉闲眠。
莫开帘，怕见飞花，怕听啼鹃。

高阳台

张炎

接叶巢莺，平波卷絮，断桥斜日归船。
能几番游？看花又是明年。
东风且伴蔷薇住，到蔷薇、春已堪怜。
更凄然，万绿西泠，一抹荒烟。

高阳台

张炎

虞美人

晏几道

小梅枝上东君信，雪后花期近。
南枝开尽北枝开，长被陇头游子、寄春来。

年年衣袖年年泪，总为今朝意。
问谁同是忆花人，赚得小鸿眉黛、也低颦。

他，擅写小令，写得清丽婉约、荡气回肠。

他之后，再无人可以将小令写得如此入心入眼。“长烟落日孤城闭”的悲凉、“碧云天，黄叶地”的萧瑟、“红杏枝头春意闹”的清丽，都不及他的“问谁同是忆花人”的断肠凄凉。

有人说，他是一个年华谢幕的人。

他之后，小令消亡，他成了回忆里的那个人。每每提及，可见的都是他笔端那些清丽、深挚、婉约、颇负盛名的词。

他颇多情，故而写的多是与爱情有关的词。

时间久长里，他沉浸在他的感情世界里，誊写下那些属于他的儿女情长，写得缠绵浓稠，写得荡气回肠。

由此，后世人将他称为“古之伤心人”。

且看这阕写相思的词：梅花报春，素来寓意寄相思。皑皑白雪化后，梅花也将开。南边枝头的梅花已开，之后是北边枝头的花朵绽放，这似陇头游子寄来的春天。然而，正是这样的时节，最是催人相思，让人泪湿满襟袖。

只怨恨所爱的人是游子，春意里如此美景他却不可与之相陪相伴。

最悲苦，即这般，所爱的人不能常伴身边。

回身望，同行的女伴小鸿，蓦然发觉她正低头紧蹙双眉。

原来，受这相思苦的人不止我一人。

这世间，只要有游子在，就会生出分离；只要有分离，就会有这深深的相思之苦！

年年衣袖年年泪，总为今朝意。

问谁同是忆花人，赚得小鸿眉黛、也低颦。

虞美人

晏几道

小梅枝上东君信，雪后花期近。
南枝开尽北枝开，
长被陇头游子、寄春来。
年年衣袖年年泪，总为今朝意。
问谁同是忆花人，
赚得小鸿眉黛、也低颦。

虞美人

晏几道

临江仙

晏几道

梦后楼台高锁，酒醒帘幕低垂。去年春恨却来时。
落花人独立，微雨燕双飞。

记得小蘋初见，两重心字罗衣。琵琶弦上说相思。
当时明月在，曾照彩云归。

扫码聆听词文

宋词的一抹烟色里，他的“小山词”写得最是清水芙蓉，虽绮丽却不妖浓。

他的词，尤其是爱情词，虽艳词颇多，丽语亦多，却不会让人觉得轻浮，反而浸润着浓浓情意，可绵绵入心、入骨。

便因此，他写的词那时红遍大江南北，让无数人迷醉不已。

此阕，亦如此。

一句“落花人独立，微雨燕双飞”，于丝丝缕缕里袭入无数人的心扉。

曾经，他们郎情妾意，百般恩爱，却因俗世羁绊不得不分离，由是空落了一梦伤悲。可他始终是那个敏感、高贵、多情的男子，对于往日情如此记挂于心，忘不却、挥不去。

别后他故地重游，于细雨霏霏里忆起初见的她。穿绣有两重心字小衣衫的她，是如此美好。只是，明月依旧，人事却全非。不敢深究，却在醉梦里仍见到了楼阁紧锁、帷帘低垂，而伊人不在。

空怨伤悲的蓦然回首里，落花片片飘零，久立庭院里，只对着这幽幽落花，再奈何不了什么，却还恰逢燕子双双飞过，霏霏的春雨里只能恨意暗生。

去年今日，已隔了无数个寂寞相思深的日夜，而如今依然不能罢休。

记起分别时，她轻拨琵琶诉说的相思，声声入耳缭绕心扉，那时月色皎洁如玉，她却如一朵云彩蹁跹离去。

燕声呢喃里，恍惚间，再不知相思该如何诉。

临江仙

晏几道

梦后楼台高锁，酒醒帘幕低垂。
去年春恨却来时。
落花人独立，微雨燕双飞。
记得小蘋初见，两重心字罗衣。
琵琶弦上说相思。
当时明月在，曾照彩云归。

临江仙

晏几道

鹧鸪天

晏几道

彩袖殷勤捧玉钟，当年拚却醉颜红。
舞低杨柳楼心月，歌尽桃花扇底风。

从别后，忆相逢，几回魂梦与君同。
今宵剩把银缸照，犹恐相逢是梦中。

他的“小山词”，除了多情，还多酒，亦多梦。

故而，读他的词总是微醺在心头，心随词动，似极他写的那句“舞低杨柳楼心月”。

他的词，写得最是蛊惑人心，似罂粟，有毒却撩拨得让人欲罢不能。

譬如，“从别后，忆相逢，几回魂梦与君同”，初读就沦陷，一颗小女子的心便随着词中的多愁婉约酥醉。

他的词里，有他的深情爱别离。

曾经，他在沈廉叔和陈君宠家中获得片刻欢愉。

那时，欢歌宴饮里，有小莲、小鸿、小蘋、小云的相伴，她们虽是歌妓，却深懂他，亦知他若雨丝般的哀伤。也是，他虽家道中落了，却仍是个高贵风雅有才情的人儿。如是里，她们对他各有深情，你侬我侬里爱意流转，取悦了他孤寂如霜的心。

只是，好景不长，沈、陈二人逝去，他便再没有一处栖息的乐土。

小莲、小鸿、小蘋、小云她们，也纷纷流落到了人间。乱世里，从来爱情拯救不了一切苦难，活着才是最重要的。

谁承想，寂寥落寞时，他却与她重逢。

如是，过往情景如戏上演：那时初相遇，你酥手轻捧酒杯殷勤地劝我举杯，是那么温柔，轻舞一曲更让我开怀畅饮心儿醉。应没有谁可抵抗你的烟视媚行，似春水流，一颗心荡漾开来，直与你一起翩翩起舞从月上柳梢到月满西楼，从暮色四合到夜深人静，累到无力再把桃花扇摇，却仍觉得与你相处不够。

爱人的心，都似这般吧，直想拥着彼此到天荒地老、海枯石烂。

只是，在命运面前我们没有谁能逃脱离别恨。自别后，他总忆起当时旧梦的美好无限，多少次梦回里相拥入眠，醒来，却如一场春梦碎落一地。

而今，恰相逢，却仍怕是在梦中。

就请，让我举起银灯将你细看，让你的娇颜、冰肌镌刻入我骨。

从别后，忆相逢，几回魂梦与君同。
今宵剩把银釭照，犹恐相逢是梦中。

鹧鸪天

晏几道

彩袖殷勤捧玉钟，当年拚却醉颜红。
舞低杨柳楼心月，歌尽桃花扇底风。
从别后，忆相逢，几回魂梦与君同。
今宵剩把银釭照，犹恐相逢是梦中。

鹧鸪天

晏几道

声声慢

李清照

寻寻觅觅，冷冷清清，凄凄惨惨戚戚。
乍暖还寒时候，最难将息。
三杯两盏淡酒，怎敌他、晚来风急？
雁过也，正伤心，却是旧时相识。

满地黄花堆积，憔悴损，如今有谁堪摘？
守着窗儿，独自怎生得黑！
梧桐更兼细雨，到黄昏、点点滴滴。
这次第，怎一个愁字了得！

扫码聆听词文

李清照一生经历颇多，早年的温润幸福，渗透不了她晚年的颠沛流离。

在历史的尘烟里，她依然是个伤痛的人。

此词，写的是她的后期生活，故而有着诉不尽的浓愁。

她这愁，不同于过往的女子闺中之淡愁，而是浓的、深的、无尽的。历经国破山河碎、家亡夫亡，钱财被散尽，她的颠沛流离是令人心死的那种。

当生命中的所有美好都消失殆尽，人会在孤寂无望时更想要寻觅什么。

然而，越是寻觅，越是无法接受寻觅后的冷冷清清，那是最令人心灰意懒的心死。当时的李清照，即是这般。

孤苦无依时，最易陷入无边无尽的深愁里。偏偏天气乍暖还寒，暖一时又冷一时，让人心冷难以适应。心冷时，最是想饮一杯温酒，御寒也想暖心。

只是，三杯两盏的清酒，怎能抵御黄昏欲来的冷冷秋风？

饮酒更添心愁，而雁儿还不识趣，偏偏此刻飞过惹人心伤，令人忆起往昔。

正是菊花繁茂时，花盛放，一片片金黄簇拥，却徒显人憔悴。

曾经，会摘一枝插在瓶中赏，如今却人已憔悴心已灰，早就没了这雅致。只独自一人寂寂坐在这窗边，看暮色四合，好在看不到窗外一切使人心伤的物什。可偏生这天与人作对，越是盼等，越是黑来得晚，让人，度时如年。

以为盼到黄昏，寂寞可轻减，却谁知更添愁伤神。

风来雨添，萧瑟声里，更是让人心伤不已，不免怨谁多事种梧桐，细雨里，那一叶叶、一声声，淅沥敲击着人已破碎的心。

如此“愁”，让人情何以堪！

满地黄花堆积。憔悴损，如今有谁堪摘？
守着窗儿，独自怎生得黑！
梧桐更兼细雨，到黄昏、点点滴滴。
这次第，怎一个愁字了得！

声声慢

李清照

寻寻觅觅，冷冷清清，凄凄惨惨戚戚。
乍暖还寒时候，最难将息。
三杯两盏淡酒，怎敌他、晚来风急？
雁过也，正伤心，却是旧时相识。

声声慢

李清照

醉花阴

李清照

薄雾浓云愁永昼，瑞脑消金兽。
佳节又重阳，玉枕纱厨，半夜凉初透。

东篱把酒黄昏后，有暗香盈袖。
莫道不销魂，帘卷西风，人比黄花瘦。

这是李清照流传经年的一首词，在世事飞转里吟为千古绝唱。

那一年重九，赵明诚外出。

寂寞深闺里，思念深生。如是，她写下了这首有名的“东篱把酒黄昏后”的词，寄予他。

十八岁的年纪，她嫁给赵明诚，门当户对、郎才女貌里演绎的全是琴瑟和谐的唱和不绝。他们，是诗朋酒友，亦是知己知交，一对璧人“赌书消得泼茶香”里相对，日日便都成好日。

这样如胶似漆的相伴里，别离更显得神伤。

且看，她的伤情倾诉。

你走后，天气变得灰了、暗了。今日更是，薄雾浓云，永化不开的样子，更添一份新愁。我独自一人在空荡荡的房间里，只有香炉里瑞脑香轻燃散出青烟缕缕，真是百无聊赖的一天。恰又逢重阳佳节，睡不着的夜色里，缺了人取暖，凉意渗透帐中、枕中，是这样无处可逃。

重阳佳节，你我本要一起相携登高，佩茱萸、饮菊酒，然而你远在他乡，独我一人在东篱边饮酒至黄昏后，菊花正开，极盛极美，却只落一身盈袖淡香。菊再香，再是销魂，你不在身边，这寂冷的清秋还是令人神伤不已。

西风卷起珠帘，你可知帘内的人儿早已比枯萎的黄花还要消瘦。

这是，想你而生的消瘦！

写相思的，能比这阕词写得更入心的，寥寥无几。

话说，赵明诚在收到这阕词后，曾闭门数日，穷尽三天三夜，填了五十阕词，把李清照这首混入，让好友陆德夫去品评，结果陆德夫品诵再三仍说她这一首最佳。

东篱把酒黄昏后，有暗香盈袖。
莫道不销魂，帘卷西风，人比黄花瘦。

醉花阴

李清照

薄雾浓云愁永昼，瑞脑消金兽。
佳节又重阳，玉枕纱厨，半夜凉初透。
东篱把酒黄昏后，有暗香盈袖。
莫道不销魂，帘卷西风，人比黄花瘦。

醉花阴

李清照

鹧鸪天

别情

聂胜琼

玉惨花愁出凤城，莲花楼下柳青青。
尊前一唱阳关后，别个人人第五程。

寻好梦，梦难成，有谁知我此时情？
枕前泪共帘前雨，隔个窗儿滴到明。

她，京师名妓；他，造访京师。

机缘巧合，他们相遇了，一眼万年就此爱上彼此。

她在风尘里无边风华，却可与他一人相守，再不待客任何一人；而他亦只认定了她一人，再不碰任何一个女子。

只是，情深抵不过分离。

他，要离京返家。依依不舍里，她深情写就这一阕《鹧鸪天·别情》赠予他。

这样的词，离情深蕴，字句里，饱含万千如水情意。

他，欲走。她，便出京都与他送别。

此时的自己，思绪里全是愁，她知他去后，自此将孤苦一人。

莲花楼里皆送别，千百年来有无数离别的戏码在上演，柳色青青里更让人心疼。此去经年，路遥程远，再没了相见的时日可数，那一曲《阳关》凄楚的唱词，更是一程又一程地催他远离。

离别最苦，而别后更苦。

相见时难，别更难，思念蚀骨入心。最可悲的却是，梦人不成。

夜雨最是凄凉，念人深却只能独自承受这相思的苦。忍不住怨人多事，种什么芭蕉、梧桐，让人凄清的夜里可听到这淅沥的敲打声，一叶叶、一声声，惹人泪流，染了枕、湿了心。

这，离情是何其苦！

还好，本以为这悲情里只空荡荡留下他们俩的名字——聂胜琼、李之问。却原来，她这锦言绣语落入了李妻的眼，深受感动，竟成全了他们二人。自此，她洗尽铅华成了幸福的妾。

故事的结局美满而动人。三个人相伴至终老。
如此，真好！

寻好梦，梦难成。有谁知我此时情？
枕前泪共帘前雨，隔个窗儿滴到明。

鹧鸪天

聂胜琼

玉惨花愁出凤城，莲花楼下柳青青。尊前一唱阳关后，别个人人第五程。寻好梦，梦难成，有谁知我此时情？枕前泪共帘前雨，隔个窗儿滴到明。

鹧鸪天

聂胜琼

§

越古老越美好　遇见最美的宋词

宋词，

句句含情，

字字珠玑。

念一行宋词，

一缕愁绪绕眉间；

读一阕宋词，

一点相思在心头。

减字木兰花

吕本中

去年今夜，同醉月明花树下。
此夜江边，月暗长堤柳暗船。

故人何处，带我离愁江外去。
来岁花前，又是今年忆去年。

词人的小令，写得极为流动明畅、清丽自然。

追溯他的生平，可以发觉这些小令里隐匿着太多他的生活痕迹。

他，仰慕陈师道、黄庭坚的诗酒风流，故而效仿之。也因此，他的诗、词便偏重了风花雪月，多了离愁别恨。

这一阕“去年今夜”，为其代表作。

他白描下的寥寥几笔里，将闺情离愁淋漓表达。

记得去年的今夜，我们在月明花娇的万树丛中举杯欢饮，一同进入醉乡。而今年今夜，只有我一个伫立江边，心情无比惆怅。月色朦胧，长堤昏暗，岸上垂柳摇曳的阴影遮住了停靠江边的小船。

远游的故人你现在何处?

请江月把我的离愁带往江外好友居住的地方。

来年百花吐艳的时节，我想我还是会像今年这样，深情地追忆着往昔!

如此，去年今夜、今年今夜、明年今夜里……

月下花前，将追忆寻，将离愁表白。

减字木兰花

吕本中

去年今夜，同醉月明花树下。
此夜江边，月暗长堤柳暗船。
故人何处，带我离愁江外去。
来岁花前，又是今年忆去年。

减字木兰花

吕本中

梅花引

荆溪阻雪

蒋捷

白鸥问我泊孤舟，是身留，是心留？
心若留时，何事锁眉头？
风拍小帘灯晕舞，对闲影，冷清清，忆旧游。

旧游旧游今在不？花外楼，柳下舟。
梦也梦也，梦不到，寒水空流。
漠漠黄云，湿透木棉裘。
都道无人愁似我，今夜雪，有梅花，似我愁。

宋时动荡，狼烟四起里人心不安。惆怅深生里，更易用词感怀。

蒋捷这一阕《梅花引》，亦如此。

南宋覆亡，乘舟沿荆溪而行回故里，却遇风雪阻路，途中不得已夜泊溪畔。

静夜冷清里，想起过往情谊，而今故友都早已不在，心惆怅不已。

白鸥不识趣，还栖落水畔默然凝望我，好似在问：夜泊于此，是被风雪阻隔，不得已停泊；还是无所去处，不得已停留？

要真的是自愿，为何还眉头紧锁，心事重重的样子？

掀起舱帘，夜风袭来，吹得灯火闪烁不已。孤舟江上，形单影只里更是怀念那些与旧友欢聚悠游的好时光。

不禁问，好友们，今日你们身在何处？

还记得否，那楼外一片盎然春色里，咱们一起相携漫步花丛中的美好：湖水绿波中荡漾，系舟堤岸边，杨柳依依里谈笑。

好想入梦，不醒，让我在梦中一遍遍重温这旧游。

然而，梦是梦了，却寻不到半点旧游时的影子，只有那空自流的寒水在眼前潺潺不息。

此时，舱外飞雪依旧，漫天里阴云密布，无以解忧，只任凭这飞雪落身，浸湿棉衣。

今夜，雪花乱纷纷里，一身素白的我似雪中梅，浸透在这无尽的哀愁里！

这世间，再没有谁的忧愁似我这般深沉。

都道无人愁似我，今夜雪，有梅花，似我愁。

旧游旧游今在不？花外楼，柳下舟。
梦也梦也，梦不到，寒水空流。
漠漠黄云，湿透木棉裘。
都道无人愁似我，
今夜雪，有梅花，似我愁。

梅花引

蒋捷

白鸥问我泊孤舟，是身留，是心留？
心若留时，何事锁眉头？
风拍小帘灯晕舞，
对闲影，冷清清，忆旧游。

梅花引

蒋捷

一剪梅

舟过吴江

蒋捷

一片春愁待酒浇，江上舟摇，楼上帘招。
秋娘渡与泰娘桥，风又飘飘，雨又萧萧。

何日归家洗客袍？银字笙调，心字香烧。
流光容易把人抛，红了樱桃，绿了芭蕉。

扫码聆听词文

写春愁的词，素来颇多，能写得如此清雅的却不多。

过往里，词中的愁多是伤春悲秋，凄恻不已的。

词人的愁，写得是淡的，字句间尽见清丽，让后世的人读来觉得甚美。

暮春时节，任谁都是易生思乡之心的。

在暮色明媚里，思归之情最是难以抑制，尤其是在飘摇的船上，想要饮酒消愁，然而深知借酒浇愁愁更愁。罢了，还是遥望岸边酒家的酒旗，闻酒香忘忧吧。

船儿继续飘荡，荡呀荡地过了秋娘渡，又过了泰娘桥。愁未少，风却起，雨萧萧。

这令人烦恼的天气，是这样让人乡愁未了。

不知归家时日几何，徒添丝丝忧悲。好想回家，那里有家的温暖，有人给自己洗衣，还可调弄镶着银字的笙，点燃熏炉里心字形的盘香，更重要的是心有灵犀的人儿等在那端。

可是，回不去。

遗憾心头生，唯叹息时光匆匆，日月如梭痛把人儿抛。樱桃已红，芭蕉又绿，春去夏又到，却唯独没能将思乡情切的人儿送回到故乡。

这世间，有太多的身不由己，可阻断相思，亦可阻断乡愁！

一剪梅

蒋捷

一片春愁待酒浇，江上舟摇，楼上帘招。

秋娘渡与泰娘桥，风又飘飘，雨又萧萧。

何日归家洗客袍？银字笙调，心字香烧。

流光容易把人抛，红了樱桃，绿了芭蕉。

一剪梅

蒋捷

霜天晓角

范成大

晚晴风歇，一夜春威折。
脉脉花疏天淡，云来去，数枝雪。

胜绝，愁亦绝。
此情谁共说。
惟有两行低雁，知人倚、画楼月。

这是一阕将思念写到清绝的词。

字字写得清美，思念流转里尽见孤绝的伤。

春寒料峭，最是让人心冷。

而风急雨骤里，饱受思念煎熬的人，更觉森冷。尽管黄昏时分，风停雨歇，但寒意仍入骨髓。

正值梅花时节，花开片片。

寒枝几条孤立在一处，浮云天空中来来去去，梅花如雪相映，这景致是如此绝美。然而，人的愁情比这绝美更甚，已无限。

若无心爱之人在侧，空对如此美景，只能是更添寂寞孤单。

此情，无人可以诉说，最让人惆怅！

孤寂一人在异地，唯有那低低飞行而过的两行鸿雁，知其独坐高楼、思念伊人的样子了。

胜绝，愁亦绝。
此情谁共说。
惟有两行低雁，知人倚、画楼月。

霜天晓角

范成大

晚晴风歇，一夜春威折。
脉脉花疏天淡，云来去，数枝雪。
此情谁共说。胜绝，愁亦绝。
惟有两行低雁，知人倚、画楼月。

霜天晓角

范成大

丑奴儿

书博山道中壁

辛弃疾

少年不识愁滋味，爱上层楼。
爱上层楼，为赋新词强说愁。

而今识尽愁滋味，欲说还休。
欲说还休，却道天凉好个秋。

扫码聆听词文

词人的悲情，在这阕词里表现得最真切。

夏承焘曾在《唐宋词欣赏》里如是评价：他这首词外表虽则婉约，而骨子里却包含着忧郁、沉闷不满的情绪。

是的，一句“却道天凉好个秋”，这样看似闲淡的字句，实则溢满了词人胸中太多的悲愤。

追溯词人作这首词的缘由，更可体会词间所深蕴的悲情。

彼时，他被弹劾去职，闲居在带湖一带，满腔的忠孝报国皆成泡影。于是，创作了这首词。

这阕词，可谓通篇都在言“愁”：

年轻的时候，人多不知道愁苦的滋味，闲来无事就喜欢登高望远，还常常为了写一首新词无愁也得勉强说愁，只为了给青春年少增添一些愁的色彩。然而，谁知年少离去，经过岁月洗礼之后，才发觉真正的愁隐于岁月深处，藏于成长的每一寸光阴。到这时，才真正尝尽了万千忧愁的滋味，却无以用言语来表达了。

是想说却说不出来，只能闲淡地说出“好一个凉爽的秋天啊！”

诚如，悲伤过大，连哭都哭不出一般。

所谓，浓愁淡写，重语轻说，他这一首最可代表。

丑奴儿

辛弃疾

少年不识愁滋味，爱上层楼。
爱上层楼，为赋新词强说愁。
而今识尽愁滋味，欲说还休。
欲说还休，却道天凉好个秋。

丑奴儿

辛弃疾

蝶恋花

李煜

遥夜亭皋闲信步，才过清明，渐觉伤春暮。
数点雨声风约住，朦胧澹月云来去。

桃李依依春暗度，谁在秋千，笑里轻轻语。
一片芳心千万绪，人间没个安排处。

词牌名“蝶恋花”，真美。

如此词牌名，用来填写多愁善感和缠绵悱恻的种种情愫，也最恰当不过。

诚如这一阕深婉优美的词，字句间氤氲着的是浓稠到化不开的伤感多愁及缠绵悱恻的相思之情。

夜色渐深，内心郁结亦深，于是趁着夜色来到亭台不停踱步，想要以此排遣那缠绕已久的愁怨，谁知，更觉愁深。清明刚刚过，本应是春光好时节，却觉暮春近，闻到的全然是春天逝去的气息。

空气里，飘散开来雨滴点点，不一会儿，风停雨停，朦胧的月在云朵的环绕里，散发出撩人的光晕来。

小雨初停，淡月朦胧，夜色深浓，桃花儿、杏花儿的香气幽幽地弥漫在夜的空气里，霎时，倍觉这暗夜是如此美好。

夜色深深的庭院里，忽然传来荡秋千的声响，更传出轻声说笑的女子的声音。

是谁？在春夜里如此撩人！

让人，忆起往昔，心神伤。

犹记起，那时你侬我侬甚是爱意情浓。而如今，空留千万般的思念情深。

天地如此辽阔浩瀚，竟无一处可以安放我这万缕相思的心。

桃李依依春暗度，谁在鞦韆，笑里轻轻语。

蝶恋花

李煜

遥夜亭皋闲信步，才过清明，渐觉伤春暮。
数点雨声风约住，朦胧澹月云来去。
桃李依依春暗度，谁在秋千，笑里轻轻语。
一片芳心千万绪，人间没个安排处。

蝶恋花

李煜

点绛唇

王禹偁

雨恨云愁，江南依旧称佳丽。
水村渔市，一缕孤烟细。

天际征鸿，遥认行如缀。
平生事，此时凝睇，谁会凭栏意。

这是一阕初看词名，会觉深藏万千男女情愫的词。然而，不然。

实则，这是一首寄情于景，因情绘景，风格清丽的宋时小令。

词人用清丽的笔触描绘了一幕江南烟雨的美景，以此来寄寓自己的怀才不遇。不过，全词整体格调沉郁而高旷，即事即目里可见其开拓之境界，与当时宋小令一片雍容典雅、柔靡无力的格局大不同。

那时，词坛上“秉笔多艳冶”，而词人开拓的词境深深地影响了两宋词家。

起句“雨恨云愁”，即借景抒情、借情亦写景。

云和雨本就无喜怒哀乐，但词人赋予它们“愁”，绵绵不尽里分明是恨意难消，层层堆积着的片片灰色云朵，则分明郁积着愁闷。

然而，词人亦妙转。

尽管在这弥漫着恨和愁的云雨里，江南之景依然美丽动人。

细雨蒙蒙里，水边的村落里，有渔市点缀着的湖边水畔。良辰美景时，怎奈淡淡炊烟升起，勾起人细而绵长的孤寂来。跋涉千里的一行鸿雁，在水天相接处，它们首尾相连、款款而飞。

它们为征途而飞，义无反顾。

飞鸿惹人生感慨，触发他想起“平生事”，不由黯然失色。这漫长人生已经过半，自己却还只是个芝麻小官，胸有大志又如何，无知音、无双翼，如何才能似这飞鸿一般驰骋广阔天地。

真的是，越凝望，越心伤。

叹只叹，这世间没有谁能真正理解我这凭栏远眺的真意！

点绛唇

王禹偁

雨恨云愁，江南依旧称佳丽。水村渔市，一缕孤烟细。天际征鸿，遥认行如缀。平生事，此时凝睇，谁会凭栏意。

点绛唇

王禹偁

忆帝京

柳永

薄衾小枕凉天气，乍觉别离滋味。
展转数寒更，起了还重睡。毕竟不成眠，一夜长如岁。

也拟待、却回征辔；又争奈、已成行计。
万种思量，多方开解，只恁寂寞厌厌地。
系我一生心，负你千行泪。

写出诸多流传千古情句的柳永，一世多情，是才子亦是浪子。

因为仕途不顺，夜夜笙歌于妓院，爱过的人颇多，能携手一生一世的却甚少，所以他的悲情多幻化为词，表述爱而不得的苦痛。

这一阕，亦是，浅斟低吟里，情深宛然。

离情之苦，心绪最是难挨，让人觉得世间万物皆悲。

当他小睡因被薄而冻醒之后，万千难以名状的离别滋味涌上心头，让人再无法入睡，辗转反侧里只能细数着寂寥冷清的更声。

寒夜漫长，一分一秒都是煎熬。起来又睡下，睡下又起来，如此反复无数次，他却无一次可以真正入眠。

这样的一夜，竟如同一年那样漫长。

思念一个人，原来是如此让人蚀骨难安。

不是没有打算勒马往返，奈何为生计功名所累，身已动，再无后路可退，唯让万千思念在心头。

也想尽各种招数，自我拆解这被相思吞噬的苦，却始终在寂寞的深渊里沉沦游溺。

从此，将你一生系我心，却怎奈还是负你，使得你流下泪千行。

距离是硬伤。

有缘无分的爱情，多死于现实。

你我的爱情，亦然！

忆帝京

柳永

也拟待、却回征辔；
又争奈、已成行计。
万种思量，多方开解，
只恁寂寞厌厌地。
系我一生心，负你千行泪。

忆帝京

柳永

薄衾小枕凉天气，乍觉别离滋味。展转数寒更，起了还重睡。毕竟不成眠，一夜长如岁。

忆帝京

柳永

唐多令

惜别

吴文英

何处合成愁，离人心上秋。
纵芭蕉、不雨也飕飕。
都道晚凉天气好，有明月、怕登楼。

年事梦中休，花空烟水流。
燕辞归，客尚淹留。
垂柳不萦裙带住，漫长是、系行舟。

离人“心”上的“秋”，是为“愁”，如此生动，惟妙惟肖。

确实，哪个离人的心上不生悲秋。

而离别，是入骨的“愁”，在爱里生死相离。

秋雨停歇，风吹打芭蕉的声音里，传来的仍是冷气飕飕。

每一个不得已离别的恋人，都是这般吧。心似悲秋，秋雨连绵不息地在心底流淌，即便是停歇了，心内依然寂冷深生。

曾有那么多的人，盛赞清凉的晚秋是如何美好舒适，却不知这是对离情愁苦的人儿最大的伤害。要知道，他们最是怕登楼远眺，因明月皎洁里，望恋人不归，会更生忧愁。

往事如烟，浩瀚飘荡，如梦幕幕上演，悠悠不休；往事若花，花开花谢，凋零碾成泥。

思念一个人的心，是如此悲苦。

群飞的燕儿，开始飞往温暖的南方，南方的南方是它们温暖的故乡。而我这游荡异乡的游子，只有艳羡的份，不能归去里隐藏着太多的苦楚。

垂柳依依，丝丝缕缕，不能系住她的裙带，却牢牢将我拴在这行舟。

不能归去，不能归去！

唐多令

吴文英

何处合成愁，离人心上秋。
纵芭蕉、不雨也飕飕。
都道晚凉天气好，有明月、怕登楼。
年事梦中休，花空烟水流。
燕辞归，客尚淹留。
垂柳不萦裙带住，漫长是、系行舟。

唐多令

吴文英

长相思

林逋

吴山青，越山青。

两岸青山相送迎，谁知离别情？

君泪盈，妾泪盈。

罗带同心结未成，江边潮已平。

林逋，字君复，归隐山林，一生白衣，终身未娶。

孤山之上，植梅放鹤，看似逍遥洒脱，实则他这隐居的背后，藏匿着的是一段钝痛的伤情往事。

他写吴山青，写得如此荡气回肠，影影绰绰里全是关于她的，那个让他一生都无法忘却的女子。“曾经沧海难为水，除却巫山不是云”，说的就是他爱而不得的一生。这世间，有太多似他们这般无法终成眷属的有情人。

自古爱情似罂粟，蛊惑万千男女沉迷，却伤害亦深。

若爱，易生恨、生忧、生嗔。

诚如词人，对山明水秀的吴山、越山生了怨念。

青山无情。

迎来送往里有多少征帆路过，这青翠的吴山、清秀的越山，曾冷眼旁观过多少的离情别苦。

江水亦无情。

一对有情人，正泪水盈盈的惜别，同心结还未来得及结成，江潮就涨满催人离去。船儿走，一江恨水在心头，从此他和她是河两岸，永隔一江水。

到底是怎样的难舍难分、情深意切，让他在这一阕词里将深情倾诉。

不是不爱，是不能再爱。我们都是凡俗世间人，他亦然。所以，他的情思难抑最可体会。

据说，六十几岁的他，孤苦离世时，身边只留一方端砚和一支玉簪！

玉簪，是他所爱女子之物，爱而不得，让他从年少到终老，始终将她都藏在心头，至死不忘。

最好的爱情，或许也是这般的吧！

爱过，不见得非要拥有！

两岸青山相送迎，谁知离别情？

长相思

林逋

吴山青，越山青。两岸青山相送迎，谁知离别情？
君泪盈，妾泪盈。罗带同心结未成，江边潮已平。

长相思

林逋

§
越古老越美好 遇见最美的宋词
宋词里，涵盖世间繁华及沧海桑田。
读之，一切便了然于心，
一切纠结、刻骨铭心，皆会成空。
那些世间的爱与哀愁，
如秋水长天处的风景般渺茫，
如阳光下的水迹般易逝，
一念间，
便知这世间的生死纠结皆不过如此。

西江月

司马光

宝髻松松挽就，铅华淡淡妆成。
青烟翠雾罩轻盈，飞絮游丝无定。

相见争如不见，有情何似无情。
笙歌散后酒初醒，深院月斜人静。

小时曾被司马光砸缸的故事感染，大了看到这阕写情的词时，惊觉司马光原来也是个多情的人。

历史尘埃里，他本不以词作著名，却遗留下三首词惊艳世人。

这一阕《西江月》，更是催人多情。尤其是“相见争如不见，多情何似无情”这两句流传千古的写情佳句，曾让多少有情人断肠天涯。

古时的艳遇，多产生在宴会之中。

常有倾国倾城的舞女，似仙子下凡从天而降，文人多情，官客多金，情事就此多诞生。

这一次，词人遇见的舞女是独特的存在。

除却舞姿如飞絮、若游丝，飘忽里自有妩媚外，她并不浓妆艳抹，只是薄薄地施了淡粉，松松地绾了一个云髻。如此，却让她显得更美。青烟翠雾般的罗衣笼罩下的她，身体更显轻盈曼妙。

刹那间，如同春风雨露，她击中了词人的心。

所谓，一见钟情就是这般。

怎奈笙歌会散，酣酒会醒，庭院深深里离别亦会上演。

这一番遇见，真令人生恨，因思念就此无端深种，煎熬里还不如不见。

多情不如无情。

这样，斜月高挂、寂静无声里，才不会为情所困。

西江月

司马光

宝髻松松挽就，铅华淡淡妆成。
青烟翠雾罩轻盈，絮游丝无定。
相见争如不见，有情何似无情。
笙歌散后酒初醒，深院月斜人静。

西江月

司马光

定风波

苏轼

莫听穿林打叶声，何妨吟啸且徐行。
竹杖芒鞋轻胜马，谁怕？一蓑烟雨任平生。

料峭春风吹酒醒，微冷，山头斜照却相迎。
回首向来萧瑟处，归去，也无风雨也无晴。

他的词作“十年生死两茫茫”，是世人烂熟于心的名句。

人们在他的诗句里，感应着他的深情。那首为悼念亡妻王弗而写的词，确实让人读之潸然泪下。

不过，除却这种清灵、婉约、柔媚、深情的小令外，他最令世人传诵的还属他写的那些豪放词，于风骨、于刚硬里，皆可见他入世的风华。

诚如这一阕《定风波》。

那年三月七日，他们一行人在沙湖道上散步，忽然逢着下雨。因雨具被先行的仆人拿走，让他们都不幸被雨淋，个个倍觉狼狈，唯他甚觉不然——只不过是下了场雨，总是会晴的。如这人生。

遂有感而作了这阕千古绝唱的词。

风骤雨急，又如何？

别怕！不用管那穿林打叶的雨声，且不妨在这雨里一边吟咏长啸，一边悠然而走。如此，竹杖和草鞋可轻捷胜过骑马，有什么可怕！

一身蓑衣，又如何？

可以任凭风吹雨打，不照样过好这一生？

春风凉，习习吹来，吹醒酒意，心觉微冷，恰此时山头初晴的斜阳正应时相迎。

世事即这般，没有永远的黑暗。

回头望，刚刚走过的风雨路，一如自己曾经经历的风云变幻，都已成过去，不足挂齿。

回去吧，自然规律皆如此。

我们每个人的人生亦如此，既无所谓风雨，也无所谓天晴。

料峭春风吹酒醒，微冷，
山头斜照却相迎。
回首向来萧瑟处，归去，
也无风雨也无晴。

定风波

苏轼

莫听穿林打叶声，
何妨吟啸且徐行。
竹杖芒鞋轻胜马，谁怕？
一蓑烟雨任平生。

定风波

苏轼

蝶恋花

春景

苏轼

花褪残红青杏小，燕子飞时，绿水人家绕。
枝上柳绵吹又少，天涯何处无芳草！

墙里秋千墙外道，墙外行人，墙里佳人笑。
笑渐不闻声渐悄，多情却被无情恼。

扫码聆听词文

曾经朝云和他一起闲坐时，他吩咐朝云来唱这一阕《蝶恋花》的词。

然而，朝云未开口唱就已泪满衣襟。

她是最怕唱“枝上柳绵吹又少，天涯何处无芳草”这两句。

也是，这两句词道尽了多少伤情往事。

她伤感，不是为了自己，而是为了他。她与他朝夕相处，深懂他的豁达与不公遭遇，所以更为他感怀伤悲。

不过，他却从不为此伤悲，反而始终豁达入世、淡然从容地过着每一天。

从他写的这阕词里，可以尽见他这份通达的哲理妙谛。

或许也是因此，他才被后世人赞誉为“豪放派”词人吧！

春天将尽时，百花已然凋零，杏树上都已结满青涩的果实。

在这美好的时节，有燕子飞过天空，有清澈的河水潺潺流经村落人家。柳枝儿上的柳絮，虽然已经被吹得越来越少，但是也不用伤悲，普天之下到处长满繁茂的芳草。春天去了，还是会来到的。绿水环绕、芳草丛生的美景，来年亦会重现。

一如生活，一如爱情。

逝去的，不会完全逝去，还是会有希望，还会有重生。

围墙里有少女荡秋千发出的笑声，悦耳如铃，想必是一位明媚的少女。

围墙外的人，入迷似的被这笑声陶醉了，静置一旁想要细细听，不承想墙里的笑声却忽然消失了。惘然若失里，自己的多情被少女的无情深深伤害。

也是，多情之人总被无情之人所伤。

枝上柳绵吹又少，天涯何处无芳草！

蝶恋花

苏轼

花褪残红青杏小，燕子飞时，绿水人家绕。
枝上柳绵吹又少，天涯何处无芳草！
墙里秋千墙外道，墙外行人，墙里佳人笑。
笑渐不闻声渐悄，多情却被无情恼。

蝶恋花

苏轼

卜算子

黄州定慧院寓居作

苏轼

缺月挂疏桐，漏断人初静。
谁见幽人独往来，缥缈孤鸿影。

惊起却回头，有恨无人省。
拣尽寒枝不肯栖，寂寞沙洲冷。

听周传雄唱《寂寞沙洲冷》时，更能苏轼这阕词里所暗喻的寂寞。

是的，被贬黄州时的词人，是寂寞的。

如同孤鸿，世间只寂冷他一人。

且看他的词中，那深深的寂寞和孤独。

天空悬挂着弯弯如钩的月，落在稀疏的梧桐树上；夜已深，静寂里听着漏壶里的水滴光。如是光景里，没有谁能看见幽居人独来独往的徘徊。这样的孤寂，就如同天边那孤鸿缥缈独飞的身影。

孤雁之孤寂，素来无人可懂。

在江边的沙洲，它一遍遍地徘徊，寂寞缠绕在心头，刚刚睡去又被惊醒。它以为有谁来，回头顾盼却只见虚无。没有谁会来做伴，它只能满怀幽怨恨意，在这孤寂的夜等待天明。

这孤寂，无人能懂。

为何会如此？并不是什么声响动静给它惊扰，而是心绪不宁，所以才不能安静入睡。

渴望被理解，渴望不孤独。

所以，它不断于寒冷里的枯枝间飞翔，再不肯栖息于任何枝丫之上，故而，只孤独、高傲地落在冰冷寂寞的沙洲上，度过这孤独的夜。

词人以这孤鸿，寓孤冷的自己，亦欲托鸿寓自己的孤傲清高。由此，这阕词被他写得寓意深远、清奇冷隽，是为千古绝唱！

卜算子

苏轼

缺月挂疏桐，漏断人初静。
谁见幽人独往来，缥缈孤鸿影。
惊起却回头，有恨无人省。
拣尽寒枝不肯栖，寂寞沙洲冷。

卜算子

苏轼

贺圣朝

留别

叶清臣

满斟绿醑留君住，莫匆匆归去。
三分春色二分愁，更一分风雨。

花开花谢，都来几许。且高歌休诉。
不知来岁牡丹时，再相逢何处。

写离情，古时人皆写得凄艳绝美。

这阕亦然。

春色、离愁、风雨，如同一幅印染着岁月痕迹的“离别图”，跃然纸端。

相聚对饮，欢愉几何。

只是，相聚时短，再相聚亦难。唯愿这相聚再延长。

斟满淡淡泛着绿意的美酒，请君再多住几日，不要这样匆匆离去。

春日无多，现在只剩三分，却是二分的离别愁绪，再添一分的凄风苦雨，离别愁苦真的是浓郁得化不开。

年年，花开花谢里都深藏无数相思。

这相思到底有几许，无人算得清。也罢，也别再纠结如此种种，且让我们高歌畅饮吧，在这相聚的时刻，不要再谈论伤感几何，只珍惜这聚时欢愉的难得。

要知道，来年牡丹再盛开时，不知我们将会在哪里重逢！

真真是，相聚时难，别亦难。

贺圣朝

叶清臣

满斟绿醑留君住，莫匆匆归去。
三分春色二分愁，更一分风雨。
花开花谢，都来几许。且高歌休诉。
不知来岁牡丹时，再相逢何处。

贺圣朝

叶清臣

鹧鸪天

周紫芝

一点残红欲尽时，乍凉秋气满屏帏。
梧桐叶上三更雨，叶叶声声是别离。

调宝瑟，拨金猊，那时同唱鹧鸪词。
如今风雨西楼夜，不听清歌也泪垂。

词人周紫芝，特别喜欢晏几道的词。由此，他作了很多效仿晏几道的词，也极尽其精髓，无论在写作手法上还是词境上，都可见其影子，尤其是忆别歌女的主题。于今昔往日、悲喜胶着里，他将别情写至委婉曲折、缠绵不休。

琼瑶，就曾用过他“梧桐叶上三更雨，叶叶声声是别离”的句子，来表达她爱情故事里的别绪情深。

夜阑人静，油灯已将燃尽，这孤寂的夜即将过去，人却还未能入睡。

思念一个人，是这样的睡意难安。

此际秋意凉，满室寂冷，罗帷和银屏里都渗出凉来。窗外还森森伴着冷雨，点点滴滴洒在梧桐树上，一叶叶、一声声，敲响了别离的哀伤之歌。

此刻，已是三更。

寂寞人，满怀凄凉哀绪，却没有谁能安慰他。

忆起往昔，曾与她一起抚琴调瑟，一起拨动炉中沉香屑，一起唱那阕撩拨心弦的《鹧鸪词》，当时是那样的欢愉，令人心生万千暖意。

而今，只剩我孤单一人，在这寂冷的西楼。

风雨凄凉的夜，即便不唱悲歌，也是会在暗黑里忍不住泪流满面的，只因，想起你。

这世间，最熬煞人的便是这离情！

鹧鸪天

周紫芝

一点残红欲尽时，乍凉秋气满屏帏。
梧桐叶上三更雨，叶叶声声是别离。
调宝瑟，拨金猊，那时同唱鹧鸪词。
如今风雨西楼夜，不听清歌也泪垂。

鹧鸪天

周紫芝

暗香

姜夔

旧时月色，算几番照我，梅边吹笛。
唤起玉人，不管清寒与攀摘。
何逊而今渐老，都忘却、春风词笔。
但怪得竹外疏花，香冷入瑶席。

江国，正寂寂。叹寄与路遥，夜雪初积。
翠尊易泣，红萼无言耿相忆。
长记曾携手处，千树压、西湖寒碧。
又片片、吹尽也，几时见得。

词人，是忧郁寡欢的。

他少年孤贫，又屡试不第，终生靠卖字和朋友接济为生。即便如此，也未曾抹杀掉他的才情。

惊才艳绝的他，精通音律，一曲《暗香》即成绝唱。

《暗香》一词，缘起于辛亥年冬天。那日，他冒雪去拜访石湖居士，居士兴起便邀他创作一曲。创罢，居士吟赏不已，遂教乐工歌妓演习，并将其命名为《暗香》。

词意，是真的美，阅来犹如暗香扑鼻。

往昔，曾无数次在这皎洁的月色里，对着梅花吹奏一曲。

玉笛声声悦耳，不顾清冷寒瑟唤起佳人一起来赏梅，总会攀折梅花朵朵。然而，这一切都成过去。而今，我已经似何逊一般衰老，也没了过往的绚丽文采，想歌赋一曲都不能来。

不过，令人惊喜的是，不远处竹林外稀疏的梅花，竟竭尽所能将清冷的幽香散入到今夜这华丽的宴席。

闻香更惹思念，那些与佳人一起闻香折梅的月夜，是如此美好，又是如此令人难以忘记。

可叹的是，想要再折梅一枝来寄托相思，却路途迢迢，一夜积雪覆盖了大地，挡却了道路。

念人深，手捧起翠玉酒杯，止不住泪流满面，伤心魂断里只能默默对着红梅无语哽咽。

望梅更忆她，那些曾经在一起的美好时光，幕幕上演。

曾经携手共游的地方，有千株梅林，红梅绽放绚烂无比，和着西湖上泛起的寒波，一片澄碧。

只是别离飘零远，风吹思念深，片片梅花落里，全是相聚的难。

长记曾携手处，千树压、西湖寒碧。

江国，正寂寂。叹寄与路遥，夜雪初积。
翠尊易泣，红萼无言耿相忆。
长记曾携手处，千树压、西湖寒碧。
又片片、吹尽也，几时见得。

暗香

姜夔

旧时月色，算几番照我，梅边吹笛。
唤起玉人，不管清寒与攀摘。
何逊而今渐老，都忘却、春风词笔。
但怪得竹外疏花，香冷入瑶席。

暗香

姜夔

钗头凤

陆游

红酥手，黄縢酒，满城春色宫墙柳。
东风恶，欢情薄。
一怀愁绪，几年离索。错、错、错。

春如旧，人空瘦，泪痕红浥鲛绡透。
桃花落，闲池阁。
山盟虽在，锦书难托。莫、莫、莫！

世间有太多爱情悲剧，古时更多。

唐琬和陆游的，就是其间一桩。

她和他，是姑表亲。这样的亲事，本应是深得母亲欢心的。可不知为何，母亲却极其不待见她，百般刁难下，他听从母命休了她。

然而，情投意合里爱意难忘。多年里，他虽再娶，她亦再嫁，却未能凉却他们爱着彼此的心。由此，沈园的偶然相逢，成了劫。

在沈园，他再见她，眼眸深处全是不舍；而她，亦然。

情深难以排解下，他在沈园的一面墙上题下对她的爱意浓情，即那阕《钗头凤》。

词中，满满深蕴着的是他深浓的化不开的情意。

仍深刻记得，你用红润酥软的手，捧一杯盛满黄酒的杯子的娇媚模样。只是，今日你却似这宫墙之内的绿柳再遥不可及。对于爱而不得的人而言，这满城春色更添愁恨，而春风更显可恶。

没有你在身边，欢情被吹得是如此稀薄，斟满的酒杯里更是满满的忧愁。

离别后，这些年的生活里真的是诉不尽的萧索和孤寂。

什么都别说，一切都是错、错、错！

而今，春色依旧若往昔，只是你和我却被相思所累，俱是消瘦。

远远见你，泪水已经洗尽脸上的胭脂，薄薄绢绸也早已湿透。桃花仿佛识人愁，恰逢风吹坠落了一地的花瓣，凋零在空寂的池塘楼阁上。

你我曾经的山盟海誓还在，只是锦文书信再不能写，深情再难以用文字来交付。

相思成灾又如何，一切皆莫说，莫说，莫说！

也是，爱而无望，再深情也难继。

一切皆宿命。

传说，唐琬看了这阕词后，泪涌不能自持，和之一阕《钗头凤》，不久便郁郁离世。

爱情啊，真是杀人不见血的刀！

东风恶，欢情薄。
一怀愁绪，几年离索。错、错、错。

钗头凤

陆游

红酥手，黄縢酒，满城春色宫墙柳。
东风恶，欢情薄。
一怀愁绪，几年离索。错、错、错。
春如旧，人空瘦，泪痕红浥鲛绡透。
桃花落，闲池阁。
山盟虽在，锦书难托。莫、莫、莫！

钗头凤

陆游

卜算子

咏梅

陆游

驿外断桥边，寂寞开无主。
已是黄昏独自愁，更著风和雨。

无意苦争春，一任群芳妒。
零落成泥碾作尘，只有香如故。

宋时，爱梅的文人尤其多。

因时局，也因国情。

时年的宋，是一个亦弱亦贫的王朝，风雨飘摇，山河不保。如是，于多情敏感的文人而言，伤怀里会对孤傲自洁的梅花生出高山仰止般的倾心。

所以，那时的词或者诗，多咏梅抒志。诚如，辛弃疾的“更无花态度，全有雪精神”，诚如，陈亮的“墙外红尘飞不到，彻骨清寒”，词人陆游的这阕，亦然。

他们皆以梅自比，喟叹梅花的冰清玉洁、清高玉骨，爱极梅花的“雪虐风饕”亦傲然不惧的坚贞。

且看。

驿站外的断桥边上，有梅一株寂寞地绽放着。虽恣意盛放，却因这僻静荒凉之地完全无人问津，更别提欣赏之意。由此看，没生在富贵人家，连一株花树都是凄凉无助的。

这样的梅，都如此凄惨了，却仍没能逃过暮色深浓里风雨的摧残。

不过，梅花却不自贬，骨子里的傲然，让它从未想过用任何心思去争艳斗宠，百花妒忌、排斥，于它更是不在乎的。

它的底气，从来都来自它这傲骨。

即便是凋零了，被碾成泥化作了尘土，又如何？它暗香如故。

世间有骨气之人，亦如此！

卜算子

陆游

驿外断桥边，寂寞开无主。
已是黄昏独自愁，更著风和雨。
无意苦争春，一任群芳妒。
零落成泥碾作尘，只有香如故。

卜算子

陆游

蝶恋花

欧阳修

庭院深深深几许，杨柳堆烟，帘幕无重数。
玉勒雕鞍游冶处，楼高不见章台路。

雨横风狂三月暮，门掩黄昏，无计留春住。
泪眼问花花不语，乱红飞过秋千去。

他，恋山水，亦知山水意，所以，他的一生都在放逐山水间的醉意阑珊里度过。

人生苦短，他从来都自知，所以始终活在当下，享受当下的良辰美景，逍遥又自在。

他贪恋的，是如他这一阕“蝶恋花”里散发的真情意。

“蝶恋花”这个词牌，素来填写的是多愁善感和缠绵悱恻的情愫。这一首，亦不例外。

全词写的是闺怨，哀婉绵密里全是女子的伤怀离思。

晨起，她独自一人站到阁楼上，雾气笼罩下的那一丛丛杨柳，远看若烟，极美。漫过如烟杨柳，可望见一所深深庭院，一重重难以数计的帘幕，让她更觉深幽。再远处，是良人常游冶的地方，华车骏马甚是喧嚣热闹。而今，那热闹却不知究竟到了哪里。

她极尽远眺想望见那通往章台的路，那是良人归来必经的路，却是怎么也望不到。

暮春已至，三月的风雨总是来得狂骤。

不知不觉，已是近黄昏，她忙把重门掩闭。只是，却关不住这即逝的春光。

又是，一日思念中空度。

泪眼婆娑里，忍不住去问花，可知我心意。而花，默默不语，只纷乱地、零零落落地一点点飞过秋千，不知所去。

如此，寂寞更深，思念更浓，庭院之中更觉森冷。

雨横风狂三月暮，门掩黄昏，无计留春住。
泪眼问花花不语，乱红飞过秋千去。

蝶恋花

欧阳修

庭院深深深几许，杨柳堆烟，帘幕无重数。
玉勒雕鞍游冶处，楼高不见章台路。
雨横风狂三月暮，门掩黄昏，无计留春住。
泪眼问花花不语，乱红飞过秋千去。

蝶恋花

欧阳修

§

越古老越美好　遇见最美的宋词

宋词，多含愁。

如离人心上的秋，极绵长、极凄凉。

不愿归去，不得停留；

故地重游，伊人不在；

言说的，全是“别后难重逢，梦中难相遇”

的无可奈何。

庭院深锁，乱红飞过，

人生一世，皆似这般。

所以，过好当下的每一天才是真。

眼儿媚

石孝友

愁云淡淡雨潇潇，暮暮复朝朝。
别来应是，眉峰翠减，腕玉香销。

小轩独坐相思处，情绪好无聊。
一丛萱草，几竿修竹，数叶芭蕉。

初读《眼儿媚》，是在一个雨丝飘零的午后，也是应了景。

这一阕词，写的正是绵绵不断的春雨中的情思。

淡淡、潇潇、暮暮、朝朝，起始即用四个叠词，将相思的情怀若水墨画一般铺陈开来。

淡淡阴霾的天色，潇潇淅沥的雨声里，深隐着的是一个朝朝暮暮的相思，若愁云苦雨，亦若双生的花。

真真是雨不断，思无穷，愁不绝，念无尽。

念深情思里，人早就无心去梳妆打扮。

别后重逢的话，恋人所见应是一副被思念摧残的憔悴模样。独坐小轩，形单影只里，如此想着更觉相思无望。寂寞更无聊，茫然四顾入眼的全是暗含相思意的萱草、修竹、芭蕉，这怎不让人徒增无限愁和恨。

思念一个人，吃的苦痛真的是难以数计。

眼儿媚

石孝友

愁云淡淡雨潇潇，暮暮复朝朝。
别来应是，眉峰翠减，腕玉香销。
小轩独坐相思处，情绪好无聊。
一丛萱草，几竿修竹，数叶芭蕉。

眼儿媚

石孝友

苏幕遮

周邦彦

燎沉香，消溽暑。鸟雀呼晴，侵晓窥檐语。
叶上初阳干宿雨，水面清圆，一一风荷举。

故乡遥，何日去？家住吴门，久作长安旅。
五月渔郎相忆否？小楫轻舟，梦入芙蓉浦。

词人，过往里风流韵事颇多，所以，词作多富艳精工。

不过，这一阕不同，写得颇清澈，若“清水出芙蓉，天然去雕饰”。

于他而言，这是难得的。

这阕词写的是思乡，用词极美，读之让人眼前有繁花错落的感觉。

拂晓时分，于室内细焚沉香，好来抵消这暑天的闷热潮湿。

屋外，鸟雀儿正鸣叫着呼唤着晴天。昨儿夜雨已停，人心安静，忍不住在拂晓时分去偷偷听这鸟雀儿们在屋檐下的“悄然话语”。

初阳升，荷叶上的雨滴纷然干掉，水面上的荷花正开得清润圆正，荷叶迎着丝丝缕缕的晨风，舞动起每一枝叶片。

一切，皆岁时静好！

只是，看到如此风荷凌举的美景，会让人不由得想起遥远的故乡。

久居长安，何时才能归去？

我的故乡，原本在吴越一带，五月的风物跟长安现在的风物是如此相似。

不知，儿时的小伙伴们是否还会忆起我。

我，念及入梦，于梦中已划着一叶扁舟入了那时的荷花塘。

苏幕遮

周邦彦

燎沉香，消溽暑。鸟雀呼晴，侵晓窥檐语。叶上初阳干宿雨，水面清圆，一一风荷举。故乡遥，何日去？家住吴门，久作长安旅。五月渔郎相忆否？小楫轻舟，梦入芙蓉浦。

苏幕遮

周邦彦

诉衷情

周邦彦

出林杏子落金盘，齿软怕尝酸。
可惜半残青紫，犹有小唇丹。

南陌上，落花闲，雨斑斑。
不言不语，一段伤春，都在眉间。

古时写少女怀春的词，颇多。

然而，似词人这般用尝果怕酸而蹙眉来巧妙掩饰怀春的词，却是极少见的。

词人之妙笔，是这样妙合无垠，让人在某个瞬间忘记伤春。

暮春，杏子熟时摘来放到金色的盘子里，煞是诱人。

不过，由于是新摘的，杏子还未完全熟透，故而味道是酸多甜少，颜色上还青里透着紫，不甚太红。

妙龄少女最是好奇，面对色泽如此明丽艳美的新鲜杏果，忍不住便先尝为快了。

乍尝，便觉味酸而齿软，正应了韦应物那句“试摘犹酸亦未黄”。

少女怕了酸，不敢再贪恋这美味，于是重新放置回去。

留下那吃剩下的半枚残杏儿冷在那里，而少女留下的那一道小小的口红痕迹，还有着温热。唇丹和青紫相间里，如是美好。

吃杏的人儿，因酸而蹙眉煞是娇憨；围观的人，想象少女因杏儿酸的蹙眉而心生怜爱。

隔着空间，少女竟成了别人眼中的风景。

南塘边的田间小路上，已是落花满地，春雨斑驳。

花落春归，谁不会对此心生伤春之意？

少女亦然。

对落花生悲，感岁月如流，年华逝水，更想起爱情，由此少女心事暗生。

只是，她不言语，借口杏儿酸的缘故终日蹙眉。

不过，人人可知，在她内心深处，定有个人儿让她牵肠挂肚。不然，她怎会终日里蹙眉不展呢！

诉衷情

周邦彦

出林杏子落金盘，齿软怕尝酸。可惜半残青紫，犹有小唇丹。南陌上，落花闲，雨斑斑。不言不语，一段伤春，都在眉间。

诉衷情

周邦彦

海棠春

己未清明对海棠有赋

吴潜

海棠亭午沾疏雨，便一饷、胭脂尽吐。
老去惜花心，相对花无语。

羽书万里飞来处，报扫荡、狐嗥兔舞。
濯锦古江头，飞景还如许。

他，一生著述多抒发济时忧国的抱负和报国无门的悲愤。

其词作，多格调沉郁，颇多感慨。此一阕《海棠春》，便是这样一阕词。

此阕词，作于他衰暮之年。

那年，他赏海棠花，在海棠花开纷艳里，联想到国之乱局，遂一颗“烈士暮年”的心开始忧悲起来。由是，有了这阕词。

暮春时节，万物皆如幻化。

中午时分，亭子里的海棠还沐浴着细雨，仅仅片刻之后，便盛放了。花开如此之快，让赏花之人心生说不出的惊喜。只是，喜易生悲，越是惜这花，越是感慨不已，遂于自怜之中对着艳美的海棠花什么都说不出了。

对花，联想到了万里之外那硝烟四起的川蜀地。

三年前，蒙古人大肆扫荡侵犯着川蜀一带。一年前，蒙哥可汗更是亲率军队击败宋军。也只有前不久的捷报里，在合州守将王坚的顽强抵御下，蒙哥可汗的军队受挫不小，曾一度考虑退兵这一振奋人心的好消息了。

词人的一颗爱国的心，由此才得到安慰，想着锦江头处川蜀之地里的海棠，应如自己看到的这般也开得如此艳丽！

整阕词，借写海棠，抒发了自己浓郁化不开的忧国之心。

彼时的他，已近六十五岁，宦海浮沉中，几经削官贬发，却未曾因此而消极颓废，而是仍怀着一颗炽热的爱国之心恪尽职守。

所谓壮心不已的豪情，便是他这般吧！

海棠春

吴潜

海棠亭午沾疏雨，便一饷、胭脂尽吐。老去惜花心，相对花无语。羽书万里飞来处，报扫荡、狐嗥兔舞。濯锦古江头，飞景还如许。

海棠春

吴潜

秦楼月

范成大

楼阴缺，阑干影卧东厢月。
东厢月，一天风露，杏花如雪。

隔烟催漏金虬咽，罗帏暗淡灯花结。
灯花结，片时春梦，江南天阔。

他擅写春闺情思，有五首《秦楼月》的词流传于世。

此，为其中之一。

这一阕，也是其中最具价值的一首，写得婉转若花，散发着淡雅清香。

楼阴之间，皓月当空，清澈的月光透过树影的残缺倾泻而入。

在这寂冷空明的夜里，栏杆的影子是那么长，长长地投射在东厢房的楼板上。天清如水、月明西斜，孤寂的人儿还未睡。独自身居在这小楼，因着寂寞情长而不能入眠，只空对着楼前一树风淡露落里的杏花发呆。

月色皎洁，杏花如雪，只是人寂寞。

寂寞空闺，最可暖心的是那香炉里袅袅升腾着的缕缕青烟。烟薄若雾，仿佛可触摸到的浪漫。只是，那滴答滴答的更漏声，令人生怨，时刻提醒着人的清醒；铜质龙头里滴出的水声，更是断续不绝，如泣如咽，让人隔着烟雾，都能感知到时光的老去。

在如此夜深露重、落花成冢里，念一个人是如此寂寥无助。

正伤神处，透过那暗淡的罗帏，人却看到灯烛“结花”的喜兆。

喜兆何来？

原来，她于帐中辗转难眠、半睡半醒中做了一个“片时春梦”。虽为幻梦，于她而言，是为喜。因梦游江南里，有归人俊美的影子。

也是。

念到深处，不见得必相见，能梦到就已是最好的安慰。

秦楼月

范成大

楼阴缺，阑干影卧东厢月。东厢月，一天风露，杏花如雪。隔烟催漏金虬咽，罗帏暗淡灯花结。灯花结，片时春梦，江南天阔。

秦楼月

范成大

眼儿媚

赵佶

玉京曾忆昔繁华，万里帝王家。
琼林玉殿，朝喧弦管，暮列笙琶。

花城人去今萧索，春梦绕胡沙。
家山何处，忍听羌笛，吹彻梅花。

赵佶，曾经的帝王，而后的亡国之君。

此阕词，是他回望故国时发出的悲鸣。

曾经的大宋王朝，坐拥万里山河，而今皆成了陈迹。

过往一切繁华都已不在，于历史尘埃里落幕，君成了亡国之君，亦沦为敌人的阶下囚。

这里藏着一个人的悲凉，更藏着一个国的悲哀。

回忆里，奢华的宫殿园林还在，弦管笙琶的乐声也还日夜响彻在耳边。只是，现实里那座花香四溢的城早已空寂无人、萧索冷落，到处是断壁残垣。

家，已不是家；国，已不成国。

而今，身处在黄沙漫天的胡地，更是念那曾经繁华如春的汴京城。

这汴京的城，时刻如梦萦绕，挥之不去。

身在异乡，作为亡国之君，最是听不得那羌笛幽怨的声响。

国家亡、山河破，再无处为家，这奏起的凄凉的《梅花落》更是种摧残，让人心生无限绝望。

这以后，家会在哪里？

无可知！

眼儿媚

赵佶

玉京曾忆昔繁华，万里帝王家。
琼林玉殿，朝喧弦管，暮列笙琶。
花城人去今萧索，春梦绕胡沙。
家山何处，忍听羌笛，吹彻梅花。

眼儿媚

赵佶

踏莎行

晏殊

碧海无波，瑶台有路，思量便合双飞去。
当时轻别意中人，山长水远知何处。

绮席凝尘，香闺掩雾，红笺小字凭谁附。
高楼目尽欲黄昏，梧桐叶上萧萧雨。

作为北宋词坛的“四大开祖”之首，他一生著述颇丰，曾写就一万多首词作，可惜的是在岁月里流失，留存于世的也就仅《珠玉词》一卷了。

“珠圆玉润，和婉明丽”“温润秀洁，无与其比”“天人合一，自然与生命力的结合”，诸如此类的溢美之词，是历代学者给予他的词的评价。因此，他成为中国词坛婉约派里最璀璨的一颗星。

在他的词作里，言说离愁别恨的小令最是吸引人。

五十年的高官生涯，使他谨言慎行，一生无任何艳事流传。如此，怎么写就世间男女情愫，缘于他蓄养的歌妓。他绝不外出沾染任何风流，而是在家中纳歌妓、姬妾。在歌舞宴饮里，自是会生出不少情事来。

这关在家中的情事，也衍生出无数离情别恨，由此他才写就了那么多的别情之词。

此一阕《踏莎行》，写得婉转缠绵、情深无限，令后世人动情不已。

以“碧海无波，瑶台有路”，喻说曾经的两个有情人，在终成眷属的路上虽无阻碍，却没有能够一起双宿双飞。如今，细思量里全是悔恨。

那时，相轻别，如今是山高水远里相隔，无处可寻。

爱时，不珍惜；别时，空留恨。这世间呀，最易流逝的是爱情。

她曾在的香闺，如今灰尘落满绮席、雾霭掩满闺室。

她离去，空留一室清灰寂寥。

想要将写好的信给她，却不知寄往何处。唯登高排遣想她的苦绪，却于极目远望里看到满眼的黄昏已近。而萧萧细雨落于梧桐叶上的声声凄沥，更催人伤悲。

所谓，梧桐雨声里，离情最苦，便似他这般！

踏莎行

晏殊

碧海无波，瑶台有路，思量便合双飞去。当时轻别意中人，山长水远知何处。

绮席凝尘，香闺掩雾，红笺小字凭谁附。高楼目尽欲黄昏，梧桐叶上萧萧雨。

踏莎行

晏殊

最高楼

程垓

旧时心事，说著两眉羞。长记得、凭肩游。
缃裙罗袜桃花岸，薄衫轻扇杏花楼。
几番行，几番醉，几番留。

也谁料、春风吹已断。又谁料、朝云飞亦散。
天易老，恨难酬。蜂儿不解知人苦，燕儿不解说人愁。
旧情怀，消不尽，几时休。

这是一阕写爱而不得的词，写得悲情、浓烈。

阅之，若看了一场烟火的稍纵即逝一般，让人心生无限悲凉。

这，或许是写情的最高境界了吧！

溯源而知，原是词人写自己的一段情。

那一年，他在成都，曾与一位歌妓蜜意情浓，只是因现实残酷，爱而不能相伴在一起。就此，生出多年的相思，一忆起就心痛不已。

每每回忆起过去和她一起的好时光，心内还是会生出初见时的羞涩悸动。

那些并肩赏游的美好时光，如同一幅画卷深深镌刻在心底，让他常常想起，经意间、不经意间。那时，她穿缃裙罗袜漫步在桃花盛开的岸边，是如此美；她着薄薄的青衫摇着小扇轻歌曼舞在杏花楼时，亦是那么美好。

和她一起有过多少次的遍游，就有多少次的沉醉不已，更有多少次的依依不舍。

这一切，到如今皆成往事，不可追。

爱情的悲剧，时常发生，也不例外地发生在你我的爱情里。

你侬我侬的眷恋里，在人世间的不可抗力下，你我的爱情便如那春风之吹断、朝云之飞散，一去灰飞烟灭。

爱恨里，深感天易老、恨难消。

爱而不得的愁恨，无人可懂。

自由飞舞着的蜂儿、燕儿，更是不懂这爱里的忧伤。

爱一个人，可爱至天长地久，永生不忘。

爱而不得的恨意，亦然。

因太爱，恨意会此生中永在，绵绵无绝期！

天易老，恨难酬。蜂儿不解知人苦，燕儿不解说人愁。
旧情怀，消不尽，几时休。

也谁料、春风吹已断。

又谁料、朝云飞亦散。

天易老，恨难酬。

蜂儿不解知人苦，燕儿不解说人愁。

旧情怀，消不尽，几时休。

最高楼

程垓

旧时心事，说著两眉羞。长记得、凭肩游。缃裙罗袜桃花岸，薄衫轻扇杏花楼。几番行，几番醉，几番留。

最高楼

程垓

清平乐

黄庭坚

春归何处？寂寞无行路。
若有人知春去处，唤取归来同住。

春无踪迹谁知？除非问取黄鹂。
百啭无人能解，因风飞过蔷薇。

作为“苏门四学士”之一的他，文采斐然，不仅诗词歌赋妙绝当世，其书法风雅韵味亦独树一帜，是为“宋四大家”之一。

此一阕词，写于他被贬宜州之际。

这是一首惜春词。

全词笔触委婉曲折，于层层之中加深其惜春之真心意。写得最妙处，是其到最后一语，仍不道破其心意，而是于轻柔的结语，言犹未尽着，让阅读者于余音袅袅里回味。

真是，妙不可言！

且看。

词一开端，便以“春归何处”的疑问句探入，即刻吸引力满满。

春天到底回到哪里了呢？四处一片寂静，根本找不到它的影踪。转而，即询问，有谁知道春天的去处，那么就喊它回来这里与我们同住吧！

肯定是，谁也不能够知道春的踪影。

或许，要是真有知道的，就应是那春去夏来时出现的黄鹂鸟了吧。那去问一问黄鹂鸟吧。只是，那黄鹂鸟即便千百遍地婉转啼叫，又能如何，没有谁可以听懂它的嘤嘤鸟语。

它不过是这世间的一个小小生命罢了，不知晓世事，更不会洞晓人情，仅看一阵风起，就会随着风飞过蔷薇花。

如此，春的踪迹，是为难寻！

就此，人的寂寞便更深重！

于词中，虽不言说任何惜春之语，却于字句间满盈了惜春的浓郁之心。

清平乐

黄庭坚

春归何处？寂寞无行路。
若有人知春去处，唤取归来同住。
春无踪迹谁知？除非问取黄鹂。
百啭无人能解，因风飞过蔷薇。

清平乐

黄庭坚

相见欢

朱敦儒

金陵城上西楼，倚清秋。
万里夕阳垂地，大江流。

中原乱，簪缨散，几时收？
试倩悲风吹泪，过扬州。

宋时之词，除却多言风花雪月之情，也有颇多爱国之词。

这是那个动荡的朝代所致。

那时，国破山河碎，金人入侵中原，汴京沦陷，官僚文人们一片仓促南逃金陵。

此一阕词，即词人客居金陵而作。

整阕词中，充盈着浓浓的悲情及感人至深的爱国情怀。

古人登楼、登高，必多心生感慨。

词人，亦然。

他于清秋时节登上了金陵城的西门城楼，倚楼而望是无边的秋色、万里的夕阳，以及满眼的秋之萧瑟，就此，悲从心生。黄昏日暮，苍茫大地全笼罩在一片恹恹的夕阳之中，更是让人感知国破山河碎的无可奈何。

心，沉重！

回忆之前：金人入侵，中原沦陷，二帝被擒，官僚和士大夫们皆纷纷逃散。如此，什么时候才能收复中原，还我山河！

只是，忧国、忧民又如何，只不过是庶民一个。

潸然泪下里，唯期盼这悲风可以将自己的热泪吹到扬州去。

那里，是抗金的前线。

相见欢

朱敦儒

金陵城上西楼，倚清秋。万里夕阳垂地，大江流。

中原乱，簪缨散，几时收？试倩悲风吹泪，过扬州。

相见欢

朱敦儒

以素笔描绘诗的美意
以笔墨勾勒曼妙如斯

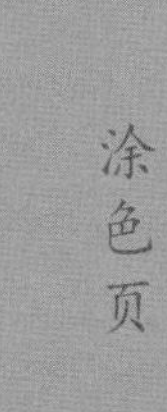
涂色页

桑妮

古典唯美主义畅销书作家。

有着水瓶座女子的敏感，文笔清丽缠绵，立意悲悯有爱。

代表作《民国女子：她们谋生亦谋爱》《若无相欠，怎会相见》《且以优雅过一生：杨绛传》。

微博：@作家桑妮

三乖

浪漫才情美女画家。

用满怀热爱绘制生活美意，每幅画都让你看到一阕词、一个故事，将岁月流转里的美与感动极美呈现。

代表作品《小白快跑》。

微博：@三乖三乖

代代

中央人民广播电台《文艺之声》主持人，治愈系女神。听她的声音，有一种清风霁月的感觉；看她的微笑，更让人不自觉地暂放烦恼，想起美好的事情。

创办读书类音频公众号：代你朗读，是每个热爱生活之人的温暖小窝。

微博：@主持人代代

图书在版编目（CIP）数据

至美宋词 / 桑妮著；三乖绘. -- 南昌：百花洲文艺出版社，2020.2

ISBN 978-7-5500-3477-8

Ⅰ. ①至… Ⅱ. ①桑… ②三… Ⅲ. ①宋词－诗歌欣赏 Ⅳ. ①I207.23

中国版本图书馆 CIP 数据核字（2019）第 271593 号

至美宋词

桑妮 著 三乖 绘

出品人 赵丽娟 杨 琴 连 慧
策划编辑 陈乐意 李 艳
责任编辑 陈 园
封面设计 创研社
出版发行 百花洲文艺出版社
社　　址 南昌市红谷滩新区世贸路 898 号博能中心一期 A 座 20 楼
邮　　编 330038
经　　销 全国新华书店
印　　刷 晟德（天津）印刷有限公司
开　　本 880mm × 1230mm 1/32
印　　张 7.5
版　　次 2020 年 2 月第 1 版第 1 次印刷
字　　数 270 千字
书　　号 ISBN 978-7-5500-3477-8
定　　价 79.80 元

赣版权登字：05-2019-379

邮购联系 0791-86895108
网　　址 http://www.bhzwy.com
图书若有印装错误，影响阅读，可向承印厂联系调换。